UN224872

金魚すくいのように

小林理央

歌集

角川書店

金魚すくいのように　目次

装幀　佐藤俊一

歌集　金魚すくいのように

小林理央

Ⅰ
2023年4月 − 2024年5月

騒がしいことば

きっと身を削って鳴らす音だろうあなたの歌がわたしを生かす

新曲を新曲のままおいておきたくて聞かずに二ヶ月たった

大雨に叩かれながら進んでく八人乗りのライブハウスは

一粒で頭の中の騒がしいことばと色が消え去る薬

湧き上がることばを分ける　口に出さないほうがいいときもあるから

枠組みを持たない気持ちをひとつかみこねて丸めて焼き上げること

インフルのベッドからするお花見を短歌にしてしまうくらい気弱

通り魔がわたしを刺してくれないか自分を殺したくはないので

死にたいが手段か目的かだけでも教えて欲しいわたしは手段

おじいちゃんじゃなくて校長先生の顔した祖父に写真で出会う

ただ風が吹いているとかそれだけで三首は詠める子どもだったな

お風呂場で湧き上がるいいフレーズに限って泡と流れてしまう

戦争が始まっているのにわたしは部屋で納豆をかき混ぜている

子どもっぽいおとなっぽいとか言う前に　人間っぽく二十三歳

気づいたら二十四歳になっていて今死ねば夭逝と呼べるだろうか

出張

就職先で岡山県担当の営業となる

いくつ川を越えるのだろう　岡山に新幹線で毎週通う

改札のICOCAの文字にタッチするSuicaを持ったわたしはよそもの

譲り合う段階はすぎ譲れないものを言い合う瀬戸内の島

泣きながらひとり歩いた夕方の笹ヶ瀬川と初めての締め日

青空に浮かぶ迷子の雨雲をちょっとあやして駅まで走る

一匹のカメムシに車内は踊らされ　みんな揃って津山方面

ひとよりもねことすれちがうたんぼ道　今日の日記はひらがな多め

生まれたて同士で視線交わし合うキウイフルーツみたいな頭

今日もまた井原に向かう清音から備中呉妹を通りすぎつつ

出張で読める地名が増えていくことに楽しみを見出す始末

好きになるとは　知っていくことだった特急やくもに乗って新見へ

柴犬が口角を持ち上げるとき下がる目尻のぶんだけ幸せ

前、後ろ　ゆらゆら進むカマキリが歩道にのぼるまでを見守る

四時台が夕方を名乗り始めたら焼き芋買って帰っていいよ

満月がめちゃくちゃ綺麗とLINEきて岡山は星も見えない曇り

パンプスの形に日焼けの跡がつく向いていないか営業の日々

リュックの中で潰れたコンビニおにぎりと一緒にわたしも直してほしい

出張を終えて三分おきに来る山手線を大好きになる

始発過ぎ

「夕やけだんだん」から朝焼けが見えるはずもなし　谷中ぎんざを走って帰る

和菓子屋の鉢に飼われている金魚もしーんと準備中　始発過ぎ

寒さにも優しさがあり雪の降る日には群青色をしている

いつかいこうと思って四年ある朝に駐車場になってた焼き鳥屋

カーテンの隙間に見える青空に今日を任せてわたしは眠る

もがいてももがいても陸は見えなくて夢とわかって安心したい

人に歴史ありだと思うゴミ箱を開ける時音立てないあたり

三ヶ月先の土曜に書き込んで「明日あそぼ」を懐かしむ夜

大好きな人に囲まれ嫌々の仕事をしてる北館五階

好きじゃないコーヒーを飲み好きになっていくんだろうか社会人なら

こんなにも重い心を引きずっているのはわたしだけじゃないよね

周りのことよくみてるねと言われた日あなたがみててくれて嬉しい

太陽の代わりになれる人だねと言えばそうだよと頷くだろう

柔らかいところばかりを見せ合ってきたから強く信頼し合う

もう一つ世界を持っているようでたまに分けてくれるのが愛しい

窓枠が青と緑を切り取ってあなたがいれば完成する絵

油そばに三周お酢をかけるとき大学生に巻き戻る時

II
2018年4月－2023年3月

バイトの二日目

大人にはなりたくないし答えより問いを見つけていたい土曜日

憧れたままいたいから残してる東京タワー登らないまま

雨だから汚い方のスニーカー潰れたかかとで春引きずって

次々と未来が今に繰り上がるスピードに慣れないまま四月

目玉焼き目を最後まで残すきみ思い出しつつ黄身から食べる

少しずつときを見ながら足してゆく思い切り塩を入れられぬ　今

土砂降りが寺を包んで離さない仏具磨きのバイトの二日目

ワンピース

溶けてゆく曜日感覚かき氷全身で空受け止めて夏

もう十八回も過ごしてきたはずの夏の匂いに今年も泣ける

戻らない日を思うことやめたときわたしは形状記憶合金

首筋にセミが落っこちてきたけれど夏を嫌いになれないでいる

仲直りするほどのけんかでもなくて牛乳寒天みかん入り買う

水色のパイナップルの柄シャツが連れてきた夏飯田橋駅

今はまだ大人っぽいが褒めことば　シンプルなワンピースを選ぶ

願い事きっと渋滞してるから五円玉投げ目を閉じるだけ

未消化の記憶

未消化のままの記憶のスイッチを金木犀の香りが押した

楽しみは何もしないでいる時を共有できる人といるとき

じゃあねよりまたね　またねより明日ねがいいね横須賀線のホームで

少しずついい子の殻を暴いてくそのプロセスがきっと友情

褒められるのも好きだけど真剣に怒ってくれることが嬉しい

駅までのコットンキャンディ色の空　徒歩十分を六分で行く

大学生らしい徹夜をしたあとの道路　朝焼けまで伸びていく

寝ちゃうのがもったいないと思う日はわたしを日記に閉じ込めてゆく

壁

ボールにもいのち宿して舞う君はスカッシュコートをステージにする

ラケットを伸ばした先までが身体でボールに息を吹き込む魔法

後ろから見てる醍醐味　君が振り返るときにはきっと目が合う

こんなにも背中ばっかり応援するスポーツがあるのだろうか　スカッシュ

一瞬の瞬きさえもためらって釘付けのなんたるかを知る試合

あまりにも永いラリーで人類の起源とかにまで思い巡らす

コートにはわたし入っていないのに涙　応援するということ

壁は乗り越えるものではなく実は問いを打ち続けるものだった

夏と呼ぶには肌寒い夜が来て今日もラケット抱えて眠る

コートの対角線

予想よりスカッシュコートの中にいる大学生のわたしが走る

応援の熱を背中に風向きが変わる一点コートを駆ける

音楽のように流れるスカッシュは一緒に踊る選手も汗も

流れ星かと思ったよドロップがコートの対角線を横切る

試合とは勝つか負けるかしかなくて雨は地面に街並み映す

スカッシュに四季はないけど練習のあとのアイスがおでんになった

二子玉（にこたま）のスケートリンク本物の氷かどうかでもめる幸せ

坂の上に雲が一つもないときは思い描いて登って行こう

ただいまを言う場所

どうしても思いどおりにならなくて人生十九年を折り返し

お風呂場の天井に手が届くこと初めて気づく十九になって

いつか夏と冬の間にあったものと呼ばれるだろうわたしの季節

歩き続ける　何もしていない自分を責めないでいられるように

どこからが自分の意思でどこまでが親なんだろうわたしのこころ

強がったわけじゃないんだおいしさは冷たさに勝つ真冬のアイス

この方がはっきり見えていいでしょうビニール傘を開く雪の日

夕飯の出汁の匂いが鳴り渡るただいまを言う場所に行きたい

一年が経って受験の日の朝の澄んだ空気を思い出せない

金魚すくいのように

カレンダー埋めて生きているふりをする思い通りにいかない日々を

どうしようもなく夏になるわたしには何も操れないことを知る

虚無と向きあえる自分になりたくて聴いているのはマカロニえんぴつ

学生でいられる日々を数えてるベタベタしてるカラオケの床

幸せな夢を見たくはない今が不幸せだと思ってしまう

重苦しい気分もエンターテインメント休講の日のユーロスペース

かき集め生きているんだ日本語を金魚すくいのようにやらかく

生と死は対じゃなかったまっすぐに流れるような一本の線

鳥になったあの人ならばコロナ禍をどんな素敵に詠うのだろう

生まれてから生きたことしかないけれど死なずに生きていようと思う

夕方の風

冷蔵庫でアイスが二つ待っている紫陽花が咲き始めた今日だ

歩くのが早い毛虫が横切った地面を濡らす梅雨の一歩目

突然の雨に降られた前髪は役目を放棄　生身のわたし

明け方の土砂降り羽化したてのセミを心配してる好きじゃないのに

人生の夏休み終わりに近づいて隅田を叩く大粒の雨

爆弾になるはずだった火薬たち花火になれと思う八月

わたあめを知らないはずのわたあめのような姿で駆けてくる犬

スピッツという犬がいるらしいから再生ボタン押さずに探す

傘のない雨の日よりも全力で走る日陰に　逃げる夏から

傘を買わなくて正解　虹が出た夕方の風に吹かれて帰る

溶けた時間

最近の季節は名残惜しそうにしないから好き　さっぱりと秋

十階に吹く風がただ気持ち良いたぶん時間は流れていない

筆先に多めに水を含ませて描いたんだろう今日の薄雲

音楽に閉じ込められたままいたいささやきほどの霧雨を行く

内側から心のドアを目一杯たたくわたしがわたしを壊す

何もせず溶けた時間を数えては映画三本分と泣く君

伝えたいことに限って出てこないリバーシブルを着ているわたし

本を読む　やけに頑固に絡まった糸がほぐれていく夜の音

毎週の固定バイトの今日の日に世界に一人二十歳が増えた

泣かないもう大人なので、と呟けばぱちりと消えたスイッチひとつ

油そばに途中で入れる昆布酢のようなわたしでいたい明日も

人生に飽きないための味変だ悲しいことも苦しいことも

留年

宿題をお湯に浸かって溶かす夜　胸に刺さった怖いことばも

天井に止まったままのナミテントウ聞いて、留年したんだわたし

空白は次の幸への調味料シンクに残った洗剤の泡

太陽に当たり損ねた一日はテントウ虫の真似して眠る

布団から足先だけをはみ出して空に向かって落ちていく夢

起きた時世界に安心できるから怖い夢見るのも悪くない

時が過ぎることが痛いの走馬灯せっかくだから増やして生きる

他人（ひと）の目を気にする自分が生み出しただれの目も気に留めない自分

幸せな冬のわたしは焼き芋を二つに割ったときにでる湯気

前髪の分け目

幸せとは何か　議論をはじめよう一生話していられるように

枯れるのに花が咲くこといずれみな死ぬのに好きだとか思うこと

一階にコインランドリーが入ってる家の三階に猫と住みたい

ワセリンが柔らかくなり夏はもう迫っていると知る洗面所

もう夏が迎えに来てるこっちから行くまで待って欲しいんだけど

図書室の机に伏せて寝るようなノスタルジーを抱えて歩く

このまま一生ここにあるのか前髪の分け目前進できないわたし

紐で縛られてるようなサンダルで夏を端から端まで歩く

ジュンク堂に何度も何度も見に行ってその度に売れないでいる本

蚊みたいな雨だねなんて夢のない比喩を飛ばして大学五年

レールとは敷かれてるのか敷いていくかはたまた滑走路を建設するか

液体のようにするりと馴染むだろう君は社会に向いているから

たべっ子どうぶつ

夏が来てプレイリストに詰め込んだ自分じゃ選ばない曲たちを

ドキドキは動悸動悸に違いない新しい自分を試すとき

ばらばらになった心が集まってくるための音聴くための場所

音楽に助けられては音楽に泣かされている永久機関

浴びた音をこぼさないようNHKホールから家まで急ぎ足

神楽坂を転がり落ちていくように夏が来て君と花火を買った

ぬるま湯に浸かる花火の燃え殻を片付けるとき消えてゆく夏

無料(ただ)だった頃もあったねゴミ出しの度に3円の持ち手をしばる

燃えるゴミの日が来て次の燃えるゴミの日が来て生きていると感じる

腕時計焼けを腕時計で隠し腕時計焼けが加速する夏

今年も「良い夏だったね」を言うまでは靴下焼けを引きずっている

ふつふつと動くもんじゃの表面に猫のお腹を思う月島

焼肉が焼けた端から次々にお皿に乗せてあげたくなる人

なみなみとコップについだ悲しみも一緒にのんでくれる友だち

五十音順に座っていた頃の偶然をだきしめて十年

どんなコアラがいるかも見ずに食べきって大人になってしまった気がした

たべっ子どうぶつになっても見分けられるくらい一緒に今年もいよう

十月の夏日

五メートルおきに死体が落ちていてもうすぐ夏が終わると思う

ありがとうを心の底から言うために心の底を探しにいくね

おやすみで切れた電話のあとの虚無その大きさを君は知らない

生きるのが辛いわけではないけれど生きづらい　しばいぬになりたい

泣いたあとのほっぺみたいにあたたかいねこのあたまをなでた左手

雑踏の米粒になる君を追う視力検査のCを見る目で

穴があくほど見つめてる本当にあいてしまえと思ってもいる

気がついた時にはすでに跡形もないのは流れ星だけじゃない

歌にするから　悲しいや嬉しいですくいきれない気持ちもおいで

夏の終わり昔こっそり味見したワインのように鈍くて苦い

叶うことのなかった口約束たちを燃やしに夜の海辺に行こう

時間という波が磨いてまるくする割れて尖った心のかけら

耳鳴りがなくなるまでを噛み締めるあなたが鳴らす海に浮かんで

まだしがみついていたいよね十月の夏日に声を絞り出すセミ

III
2015年4月－2018年3月

春のサラダ

いつまでも解けない問いに体中埋まって高校一年になる

生きている意味わからずに生きているわたしは今日もかまわず生きる

今肩と髪の間をぼんやりと吹き抜けた風　春連れてきた

きらきらととんがっていた新品のシャーペンのような中一の春

雲を描く三時間目の美術室すべての色をパレットに出す

教室のドアの近くの鏡越し廊下を歩く君と目が合う

この春のサラダほおばりこのエビは背わたが取れてないねという君

差し込んだ光は夕日のオレンジで流れる時間の速さに気づく

ついかたく蛇口を閉めて気がついた今日のわたしはごきげんななめ

うずまきの中心にいる今わたし外へ出たいと少しは思う

うずまきの中心にいる今わたし夢から外へ一歩踏みだす

走りたい　魚が水にいるように空の真ん中助走をつけて

ただ明日の話をしたいだけなんだ大人になりたい訳じゃないんだ

山なりに浮いたボールの半端さが十五のわたしの確かさなんだ

紫陽花

当たり前のようにエアコンをオンにする日が始まった　紫陽花はまだ

窓ガラス叩く雨粒それぞれの行き先を追う物理の授業

行く先が選べないのは暑苦しい夏の湿気の重さのせいだ

「ソクラテス」文字がぼやけて「クリスマス」倫理の時間の暖かな夢

眠い目にノートの白がしみこんでふと気がついたチャイムが鳴った

教室の曇りガラスは十五歳の先が見えないわたしと同じ

放課後の廊下の影は短くてうるさい夏の日は沈まない

キャンバスに「心を描け」　そのテーマわたしの絵の具のふたは開かない

思いつく限りの普通じゃないことをしてみたいんだ今の自分で

半熟たまご

おやすみの合図で夢は走り出す布団は旅へのスタート地点

贈り物のような夢だった憧れの本の世界が現実だった

気づいたら少し大人になっていてたとえば乳歯が一本もない

その傷もあそこの傷も覚えてる部屋の本棚には歴史あり

熟れすぎた柿のぷにぷにほっぺたを突く指先に愛が芽生える

人はみな人生という名のＲＰＧをプレイする勇者たち

勝負事なら全て勝ちたいなんて言うからわたしはわたしに負ける

編み物の一目一目に怨念を込めたい気分の青春もある

ねたんでも自分にはないものだからとあきらめる癖ついて何年

箸先でつつけばどろっと溢れだしそうな半熟たまごの朝日

箸先で黄身くずすその瞬間（とき）のためだけに温玉うどんにのせる

飲み水で体も食器も洗ってるぜいたくに気づきすぐに忘れる

パンはいつもあたたかな存在であるべきで尖った気持ちをふわっと溶かす

なぜだろう少し特別感がある毎日いちご食べてるのにね

遠い青空

叱られた　三時間目の先生を許してあげようしかたないから
叱る側の親も教師も叱られる側だったんだもう怖くない

転ぶたび起き上がれなんて無理がある転んだ時は寝ていればいい

赤くなった耳でわかるよ嘘ついているね　違うよ寒さのせいよ

生きることに関してはもう素人じゃないからやさしいことばも言える

浮かんでる選べないほどたくさんのことばは捕まえないでおこうか

この地球(ほし)が滅亡するという予言こわくなくなったら大人かな

叱られる側にいること慣れてきて高一の冬がそろそろ終わる

駅までは徒歩十五分太陽が先に昇るかわたしが着くか

スカートが氷になって足を刺す冷たい朝のオアシスは駅

どうしてもつかみそこねる三個目のお手玉みたいに逃げてく子猫

道端の空き缶を見て爆弾と思い猫見てスパイと思う

当たりまえだけど空には天井がないことわかる遠い青空

あたたかいからあげを買って帰りたい　そうだわたしは疲れてるんだ

カラカラと踊る枯葉に追われてる冬の夜道は全力疾走

見たくない桜のつぼみが膨らんで咲く頃クラスの仲間が変わる

心地よい眠気

数学のテストの後の心地よい眠気を小瓶にとっておきたい

満開の桜の似合う青空にのら猫までも立ち止まってる

どの街も必ず誰かのふるさとと気づいたら春鮮やかになる

踏切を急行電車が過ぎるたび駅員が掃く散る花びらを

首筋を押さえて鼓動確かめる七時五分の電車待ってる

同じ本何度読んでもそのたびに違う自分がページを駆ける

物語の中から自分をゆっくりと引っ張り上げてしおりをはさむ

坂道を転がり落ちる成績も加速と思おう大ジャンプへの

痩せるほど悩むなんてことそうないと思ってたけど本当にない

降り注ぐ声雨になり体育館満たしてバスケのネットを揺らす

青春は原稿用紙五百枚使い切ってもまだ終わらない

ダイオウイカ

セミたちが鳴き止むひまもないほどにわたしは急な夕立のなか

映画ならクライマックスシーンだねと笑って豪雨の渋谷を泳ぐ

潔いほどに予報を裏切って土砂降り　日傘は雨傘になる

この雨が止むまで読もう古書店でふと手に取った星新一を

炭酸に浮いては消える泡たちの中にわたしも混ざってるんだ

飲みかけのフラペチーノが溶けてゆきわたしは歴史と友だちになる

世界史の教科書の隅コーヒーのしずく一滴やる気スイッチ

やわらかな肉をゆっくり咀嚼するように歴史と付き合っていく

色のない血が涙だと知ったから血で溢れてる世界は前より

長生きをしたいかという質問に詰まったけれど死ぬのは怖い

真夜中に生まれるわたしのさみしさは打ち寄せられたダイオウイカだ

祖父の書いた字

本棚の重松清を全部売りパール・バックの『大地』ならべる

羽のない扇風機に足つっこんで『こゝろ』枕に寝る夏休み

背表紙の色が歴史を語ってる赤茶けた『斜陽』そっと手に取る

「十六歳　夏」の四文字書き込んだ誰かと同じ本を読んでる

七十年前の日付は十六の祖父の書いた字『鼻』裏表紙

夏の日の夕焼けの中じっくりと心が本に溶け込んでいく

ページ繰るたびに雪崩がおきていて前のわたしはのこっていない

しばられて抜け出せなくて最後までページめくって夜明けに気づく

この夏の一番暑いこの空をわたしの心の表紙にしよう

ＪＫ

二つしか星が見えない夜だけど君がいるからプラネタリウム

本当のことを言うとねわたしまだ生きる理由もわかっていない

いくら辞書をひいても答えのないことを知ってて文字に逃げ込む高二

青春はニアリーイコール幸せな夢の途中で目覚める気持ち

制服のタイムリミットに気がついた産まれて十七年目の朝に

もう一度やり直したい思い出があるからわたしは前に進める

「受験生」の肩書おいて逃げようとする木枯らしよまだ行かないで

ミルフィーユにイチゴを入れていくように世界史の間に青チャート解く

満月が落ちてきそうに明るくてセンター模試はトイレに流す

真夜中に汽笛は響き生け花の影はわたしの眠りを奪う

もう二度と飛び立つことはないけれどセーターの袖雪の止まり木

かしましいＪＫたちに囲まれた　そうだわたしもＪＫだった

じゃがいもがソラニンという毒を持つようにわたしは短歌を持とう

カドリール

人生が起承転結ならわたし「起」に片足を乗せて高三

生きることを邪魔する五月の蝿がいてわたしはスマホの電源を切る

まだ夏じゃないけどここにある空は全部の問いの答えもってる

黒星のスタンプラリー十二個目人生最後の体育大会

凛然と背筋を伸ばすカドリール今伝統の一員になる

筋肉痛消えていくたび合宿が思い出になる現実が来る

すべり台階段側から降りるとき子どもでいられなくなったとき

百年後の入試になること意識して書いてみたんだ昨日の日記

スポイトでひとしずくずつ吸われてく心が空になったら言おう

午前三時の線香花火

不意打ちの真夏の雹（ひょう）は池袋の街ごとわたしをかきまぜてった

どうやって時を止めようスコールが空に向かって降ればいいのに

一番のお願いごとは短冊に書かない書けないいざ受験生

地下にいた六年間を無にするな脳みそ揺らすセミの声きく

前髪を切りすぎた気がしたけれど最後の夏はもう目にかかる

意味もなく走り出せるのどの道も正解にする　全速力で

体操着丸めてキャッチボールするあいまに受験勉強をする

青春を口に出すのは難しい午前三時の線香花火

あんなにもやかましかったセミたちを応援したくなる九月末

入試前日

一息じゃ吹き消せなくて溢れ出た想いの分だけ揺れたろうそく

お湯のなか星野源聴くこのまま音符のお風呂に浸かっていよう

寝坊した悲しみ徐々に溢れだす空が綺麗であればあるほど

前はもっと時がゆっくり流れてた本当は気づきたくはなかった

ポプラの葉蹴散らし進む凶暴なほどに大きいわたしは戦車

八時五分わたし出会わせてしまったの満員電車とサッカーボール

山手線トゥルゲーネフを読んでいる高校生が二人並んで

ただいまを言って気づいたこの塾はわたしが帰って来られる場所だ

池袋も雪の魔法にかかったら綺麗に見える入試前日

この息を吸って見ようか吐いてから見ようか迷う合否発表

受験生が卒業生に変わるその瞬間を掲示板は見ている

山頂はゴールじゃないの無事家に帰り着くまでの中間地点

卒業

時間(とき)が目に見えるものだと知ったのは溶けてゆく雪　迫る卒業

卒業の涙は辛くないきっと溶けているからやさしい時が

忘れたくないことがある幸せを見つけたホットココアの中に

楽しみは肩と肩だけ触れあってその沈黙を聴いているとき

春を連れ窓叩く風　開けてやるもんか卒業式がかなしい

オレンジは触れ合った面からカビるひとりで立てるわたしでいたい

好きなことだけで生きたい無理矢理のやりの部分に身を守らせて

笑っちゃうほど寒かった朝はもう遠くあなたも隣にいない

いま蓋を被せておいた感情を開ける時だけ一緒にいよう

感情を表すときは原色で重なる時を楽しみに待つ

会うために約束がいるようになる卒業式の桜が散って

積み上がる受験参考書やすらかに古紙回収を待っている春

あとがき

この歌集は、わたしが高校に入学してから社会人二年目になるまでの十年間に詠んだ歌を収めたものです。「第一歌集」と銘打ってはいますが、実は二冊目の歌集となります。というのも、一冊目の歌集『20÷3』は五歳から十五歳の歌で編んでおり、幼少期の歌も含まれているということで敢えて「第0歌集」としたのでした。

『金魚すくいのように』というタイトルは、「文藝春秋」二〇二一年八月号に掲載された連作から取りました。構成は、高校から社会人までを三期に分け、時系列を逆にたどっていきます。その十年間に、精神的にはそれほど変化した実感はないのですが、生活環境は大きく変化しました。特に、高校卒業後には大学の近所で一人暮らしを始め、大学卒業後には就職するなど、ライフスタイルは非連続的に変化しました。『20÷3』が、生活環境が変わらない中での精神の変化をたどる歌集だとすれば、『金魚すくいのように』は、精神は変わらない中での生活環境の変化をたどる歌集だと言えます。

今回の出版に当たっては多くの方々のご協力をいただきました。父の友人であり祖父の歌人仲間でもある小塩卓哉さんは、出版に向けて背中を押してくださいました。帯文は、小塩さんからのご紹介で江戸雪さんに書いていただきました。短歌仲間であるえみちゃん（祖母）と夏帆（友人）と、特に二〇二一年四月に亡くなった祖父の小林峯夫には深く感謝しています。祖父は「まひる野」に所属する歌人だったのですが、ふだん短歌について語ることはそう多くありませんでした。亡くなる一ヶ月ほど前、病室でじっくり短歌の話を聞き、それが最後の機会になりました。

「五七五七七は絶対的、だけど絶対的ではないよ」

これは、その時に祖父が語ったことの一つです。精神や生活環境は変わっても、短歌ということばのフレームには、時を超えて変わらない絶対的な安定感がある。でもそのフレームには少々はみ出ることを許容する柔軟性もある。だからこそ、これまでずっと続けることができたのだと思いました。

ふりかえってみれば、わたしはこれまでの人生で生きづらさを感じることが多々ありましたが、それぞれの場面で本・音楽・友人などに救われてきました。わたしの歌には、意識的にも無意識的にも「救い」の存在がちりばめられています。この歌集が、読者の皆様がそれぞれの人生の「救い」に思いを馳せるきっかけになれば嬉しいです。

小林理央

令和六年十二月　岡山にて

著者略歴

小林理央（こばやし　りお）

1999年　東京都生まれ
2019年　第0歌集『20÷3』刊行
2023年　早稲田大学文学部卒業

祖母の影響で5歳から短歌を始める。中学3年時に、「歌会始」入選、「NHK全国短歌大会」ジュニアの部・大賞（小学校4年時に続き2度目）、「NHK短歌」年間大賞（永田和宏賞）などを受賞。

第45、48回「現代歌人協会・全国短歌大会」で学生短歌賞（2016年、2019年）、第8回「角川全国短歌大賞」（2017年）の自由題部門で準賞（最年少受賞・16歳）、第10回「角川全国短歌大賞」（2019年）の自由題部門で大賞などを受賞。

現在、人材サービス会社の教育関連部門に勤務。

歌集　金魚(きんぎょ)すくいのように

初版発行　2025年4月25日

2版発行　2025年6月 5 日

著　者　小林理央
発行者　石川一郎
発　行　公益財団法人 角川文化振興財団
〒359-0023　埼玉県所沢市東所沢和田3-31-3
ところざわサクラタウン 角川武蔵野ミュージアム
電話 050-1742-0634
https://www.kadokawa-zaidan.or.jp/
発　売　株式会社 KADOKAWA
〒102-8177　東京都千代田区富士見2-13-3
電話 0570-002-301（ナビダイヤル）
https://www.kadokawa.co.jp/
印刷製本　中央精版印刷株式会社
 ISBN978-4-04-884627-1 C0092